Recuerden

El Álamo

Harriet Isecke

Editora asociada
Torrey Maloof

Editora
Wendy Conklin, M.A.

Directora editorial
Dona Herweck Rice

Editora en jefe
Sharon Coan, M.S.Ed.

Gerente editorial
Gisela Lee, M.A.

Directora creativa
Lee Aucoin

Gerente de ilustración/Diseñador
Timothy J. Bradley

Diseño de portada
Lesley Palmer

Arte de portada
The Granger Collection, Nueva York
SuperStock
The Library of Congress

Editora comercial
Rachelle Cracchiolo, M.S.Ed.

Teacher Created Materials
5301 Oceanus Drive
Huntington Beach, CA 92649-1030
http://www.tcmpub.com
ISBN 978-1-4938-1647-7
© 2016 Teacher Created Materials, Inc.

Recuerden El Álamo

Resumen de la historia

Henry McArdle es un artista que quiere pintar una obra que represente la batalla de El Álamo. Se reúne con Santa Anna, expresidente de México, para saber más sobre lo que sucedió en la batalla. La Sra. Dickinson, cuyo esposo murió en El Álamo, se reúne también con ellos. Quiere contar el lado estadounidense de la batalla.

La historia retrocede en el tiempo hasta la batalla de El Álamo. Las tropas de Santa Anna atacaron la misión de El Álamo y mataron a muchos texanos, a pesar de los valientes intentos de William Travis, James Bowie y Davy Crockett por defenderse. La historia concluye con la Sra. Dickinson, Santa Anna y Henry reflexionando sobre la batalla y sobre si fortaleció la lucha de Texas por liberarse de México.

Consejos para actuar
el teatro leído

Adaptado de Aaron Shepard

- No permitas que el guión te tape la cara. Si no puedes ver a la audiencia, entonces el guión está demasiado alto.

- Mientras hablas, intenta levantar la mirada con frecuencia. No mires solo el guión.

- Habla lentamente para que la audiencia sepa lo que estás diciendo.

- Habla en voz alta para que todos puedan oírte.

- Habla con sentimiento. Si el personaje está triste, haz que tu voz suene triste. Si el personaje está sorprendido, haz que tu voz suene sorprendida.

- Mantente de pie con la espalda recta. Mantén las manos y los pies quietos.

- Recuerda que, incluso si no estás hablando, continúas siendo tu personaje.

Consejos para actuar
el teatro leído *(cont.)*

- Si la audiencia se ríe, espera a que se detengan antes de comenzar a hablar nuevamente.

- Si alguien en la audiencia habla, no le prestes atención.

- Si alguien ingresa a la sala, no le prestes atención.

- Si cometes un error, sigue como si nada.

- Si algo se te cae, intenta dejarlo donde está hasta que la audiencia mire hacia otro lado.

- Si un lector olvida leer su parte, mira si puedes leer su parte, inventar algo o simplemente saltarla. ¡No le susurres al lector!

Recuerden El Álamo

Personajes

Henry McArdle

Santa Anna

Sra. Dickinson

William Travis

James Bowie

Davy Crockett

Escenario

La historia comienza en la casa de Henry McArdle, en 1874. Desde allí, la escena retrocede en el tiempo hasta 1836, durante la batalla de El Álamo. Los texanos de El Álamo intentan desesperadamente impedir el avance de las tropas mexicanas invasoras. Los texanos hacen huecos en las paredes de las habitaciones para poder disparar a los soldados que se acercan. Muchas mujeres y niños se esconden en la capilla. Después de 13 días de batalla, las tropas de Santa Anna logran atravesar las paredes de El Álamo. El teatro leído finaliza en la casa de McArdle.

Acto 1

Henry McArdle: Quiero agradecerles a ambos por reunirse hoy conmigo. Sé que no fue una decisión fácil para ninguno de los dos.

Santa Anna: ¿Puedo llamarlo Henry?

Henry McArdle: Claro que sí.

Santa Anna: Sinceramente, Henry, estoy encantado de que haya querido reunirse. Me alegra que tenga una mente abierta.

Henry McArdle: Estoy trabajando en un proyecto sobre El Álamo y necesito saber qué sucedió.

Santa Anna: Me alegra que quiera saber la verdad acerca de la batalla de El Álamo. Muchos de sus compatriotas evitan la verdad. Prefieren creer mitos y mentiras.

Henry McArdle: ¿A qué se refiere? ¿Por qué lo dice?

Santa Anna: Me acusaron de ser cruel y de estar sediento de poder. ¡Eso es mentira! Tenía el derecho de detener a los rebeldes texanos y evitar que se independizaran. México no podía ser fuerte si los habitantes de sus provincias podían hacer lo que querían.

Henry McArdle: Entiendo lo que dice. Eran un solo país.

Santa Anna: Así es. Y este país necesitaba un conjunto de leyes.

Sra. Dickinson: Señor Santa Anna, ¡no es tan simple y usted lo sabe! ¡Su ataque sobre El Álamo fue despiadado! ¡Lo que le hizo a esos habitantes fue sanguinario! Henry, me alegra que quiera saber lo que realmente sucedió. Me pregunto de qué se trata su proyecto sobre El Álamo y por qué necesita nuestra ayuda.

Henry McArdle: Mi intención es pintar una obra muy importante sobre la batalla de El Álamo. Es fundamental que capte lo que realmente ocurrió. Quiero que quienes lo vean sepan la verdad.

Sra. Dickinson: Yo estuve allí, en la batalla final de El Álamo. También estuve allí durante los 13 días anteriores de carnicería. Sé que su ejército, señor Santa Anna, fue verdaderamente cruel. Vi cómo mataban a mi esposo, el capitán Dickinson. Vi cómo ordenó el asesinato a sangre fría de todos los hombres que sobrevivieron a la batalla.

Santa Anna: Déjeme que le recuerde, soy el presidente Santa Anna. Muéstreme algo de respeto.

Sra. Dickinson: Señor, su propio pueblo pidió su exilio. No quiero llamarlo por su título anterior. De hecho, ¡debería llamarlo dictador! Dijo ser un dictador en 1835. ¿Recuerda?

Henry McArdle: Por favor, tranquilícense los dos. Necesitamos escucharnos mutuamente. Si no lo hacemos, no podremos conocer toda la verdad. Por favor, señora Dickinson, dirijámonos al presidente Santa Anna por su título, si es eso lo que quiere. Pero, lo más importante, quisiera que ambos me contaran lo que sucedió. Presidente Santa Anna, ¿podría comenzar?

Santa Anna: Me alegra poder explicar todos los sucesos. Comenzaré por el principio. Los rebeldes de Texas querían libertades o se independizarían de México.

Henry McArdle: ¿A qué se referían con libertades?

Santa Anna: Querían la "libertad" de tener esclavos. Usted sabe tan bien como yo que la esclavitud fue declarada ilegal en México, al igual que en Europa. Los texanos también querían la "libertad" de darle a Estados Unidos más territorio. La incorporación de Texas era solo un paso más en la expansión hacia el oeste de Estados Unidos.

Sra. Dickinson: Eso no es cierto. Fue la severidad de su nuevo gobierno sobre los texanos lo que ocasionó el problema. Los texanos vivían pacíficamente bajo la Constitución mexicana de 1824. Tan pronto como ascendió al poder como presidente, usted revocó esa constitución. Todos estaban bien antes de eso. ¡Fue su culpa!

Henry McArdle: Eso es lo que yo también escuché, presidente Santa Anna. Me dijeron que usted pensaba que la Constitución les daba a los texanos demasiado poder. Escuché que quería controlarlo todo usted mismo.

Santa Anna: Como dije anteriormente, México es un solo país. No podía permitir que las diferentes provincias hicieran lo que quisieran y no podía dejarlas que hicieran sus propias leyes.

Henry McArdle: Entiendo lo que dice.

Santa Anna: En Texas vivían más estadounidenses que mexicanos. ¿Le parece bien eso? La Constitución de 1824 les daba a las provincias tanto poder que los extranjeros querían vivir allí. ¡No estaba bien!

Henry McArdle: Pero, creí que México había hecho esto a propósito. La guerra contra España de 1821 dejó a su gobierno casi en bancarrota. Querían que la gente se asentara en las provincias. Pero no podían protegerlos. Entonces, les dieron poder a los nuevos habitantes. Querían que pudieran protegerse en caso de una revuelta de los indígenas. Eso es lo que escuché. ¿No fue así?

Santa Anna: Eso podría haber sido cierto en la década de 1820. Pero ya para 1830, no queríamos allí a todos los estadounidenses. Necesitábamos controlar nuestro propio país. Los estadounidenses creían que podían hacer lo que querían. Debía ponerle fin al asunto. Ese es el motivo por el cual revoqué la Constitución. Conocía los planes de los rebeldes y sus amigos. Había oído hablar del Partido de la Guerra y del Partido de la Paz. Sabía lo que habían hecho en la Consulta Mexicana.

Henry McArdle: ¿A qué se refiere, señor presidente? ¿Qué hicieron?

Santa Anna: Unos texanos se reunieron en noviembre de 1835. ¡Se reunieron para decidir cuáles serían los objetivos de su revolución! El Partido de la Guerra quería independizarse de México. El llamado "Partido de la Paz" solo aceptaría ser parte de México si se regresaba a la Constitución de 1824.

Henry McArdle: Y usted consideraba que esa Constitución les daba demasiado poder a los texanos.

Santa Anna: Así es, correcto. No podía aceptar a ninguno de estos partidos. No tuve opción. ¡Tuve que reprimirlos! Sabía que mi mejor opción era un ataque sorpresa. Entonces, ¡lo hice!

Sra. Dickinson: Pero no tenía que ser tan despiadado. El Álamo era solo una misión y no había mucha gente allí. ¿Por qué envió a miles de tropas a matar a los pocos defensores de El Álamo? Solo les perdonó la vida a las mujeres, los niños y algunos esclavos. ¡Debería estar avergonzado!

Santa Anna:	No estoy de acuerdo con usted. ¡Me enorgullezco de lo que hice! Antes que nada, El Álamo no era solamente una misión. Era un fuerte muy importante. Había solo dos caminos principales que llegaban hasta Texas desde México. El Álamo bloqueaba uno de ellos. Quienes vivían allí influenciaban a otras provincias mexicanas para que también se separaran. ¡Debía detenerlos cuanto antes y con la fuerza suficiente!
Henry McArdle:	¿Pero, no es cierto, presidente, que quienes estaban en El Álamo no estaban bien armados y tenían pocas provisiones? Debió haberlo sabido.
Santa Anna:	Eso no era de importancia, Henry. Estaban decididos a ganar. Sabía que debía detenerlos antes de que todo se saliera totalmente de control.
Sra. Dickinson:	Incluso si cree que lo que dice es correcto, ¿por qué después de haber matado a todos los combatientes de El Álamo ordenó matar a los prisioneros también?
Santa Anna:	Por eso puede culpar a su propio comandante, William Travis.

Henry McArdle: ¿Qué quiere decir con eso?

Santa Anna: Fue grosero y ofensivo. Incluso cuando estaba claramente perdiendo la batalla, se negó rotundamente a admitir la derrota. Y además, les perdoné la vida a las mujeres y a los niños. ¿No ordené acaso que la llevaran a usted y a su bebé a un lugar donde estuviera a salvo? ¿No le di dinero, señora Dickinson? Realmente no tenía que hacer eso, ¿sabe?

Sra. Dickinson: Eso es cierto. Nos trató con un poco de amabilidad. Pero no creo que haya entendido lo que pasaba por la cabeza de los valientes hombres que defendieron El Álamo. De haberlo sabido, usted no habría matado a todos los prisioneros por culpa de William Travis. William y mi esposo eran buenos amigos. Quisiera invitarlos a ambos a que recuerden y examinen al pequeño grupo de hombres que estaba intentando salvar El Álamo. Entonces verán realmente lo que sucedió.

Henry McArdle: Eso sería fantástico, señora Dickinson. Quizás así logremos ver toda la verdad.

Acto 2

William Travis: James, sé que no ha sido sencillo para nosotros.
Pero quiero que sepas que creo que es bueno
que estemos los dos al mando de las tropas aquí.
Los hombres necesitan la ayuda de ambos para
poder proteger El Álamo. Contigo al mando de
los voluntarios y yo a cargo del ejército, quizás
podamos frenar a los mexicanos.

James Bowie: Haremos nuestro mejor esfuerzo. Pero,
como sabes, nuestras provisiones escasean.
Casi no nos quedan alimentos ni pólvora. Y,
ciertamente, ¡no tenemos suficientes hombres!

Davy Crockett: Eso es cierto. Cuando llegué el ocho de febrero,
agregué solamente 12 hombres de Tennessee
a las tropas que ya estaban aquí. Y, según lo
que sé, William, tú habías traído solamente 30
hombres unos días antes. ¿Estoy en lo correcto?

William Travis: Así es. En ese momento, me pregunté por qué
no había más hombres aquí cuando llegué. Me
sorprendió, teniendo en cuenta el peligro que
existe. El Álamo es importante para Texas.
Debemos defenderlo. Tú llegaste aquí primero,
James. ¿Qué encontraste?

James Bowie: Era bastante lúgubre desde el principio. Recuerdo la primera vez que oí a Sam Houston decir que Santa Anna estaba liderando un gran ataque contra El Álamo. Había solamente 104 hombres aquí. Yo llegué con 30 más. Sabía que no era suficiente. Le dije eso a Houston.

Davy Crockett: ¿Ofreció enviar más tropas?

James Bowie: ¡No lo hizo! De hecho, hizo exactamente lo contrario. Pensó que las cosas estaban muy sombrías acá. Se negó a enviar más hombres. Escuchó que Santa Anna se estaba movilizando hacia El Álamo con 4,500 hombres. Dijo que no había posibilidades de salvar El Álamo. Me ordenó que sacara todas nuestras armas y que destruyéramos El Álamo nosotros mismos. ¡No quería que cayera en manos mexicanas!

William Travis: ¿Qué? ¡Quiere que destruyamos El Álamo nosotros mismos! ¿Quiere que renunciemos a todo sin dar pelea? ¡Es ridículo! Si Santa Anna sale airoso, ¡perderemos Texas!

James Bowie: No te preocupes, William. No permitiré que eso suceda. Antes que nada, ya le dije a Houston que no tenemos bueyes suficientes para trasladar las armas a un lugar más seguro. También le dije que tenemos que salvar El Álamo. Además, escribí cartas pidiendo ayuda.

Davy Crockett: ¿A quién le escribiste, James?

James Bowie: Por un lado, le escribí al gobernador Smith. Le pedí que envíe dinero. También le pedí rifles y pólvora. Le dije a Smith que, si damos por perdido El Álamo, Santa Anna continuará con sus conquistas. También le dije que preferiría morir antes de cedérselo al enemigo. ¡Lo dije de verdad!

Davy Crockett: Eso es realmente cierto para mí. Creo en la causa de Texas. Creo que los texanos tienen el derecho de ser libres y creo que los hombres que viven aquí tienen derecho a defenderse. Me alegra estar aquí con mis hombres.

William Travis: He oído hablar de tu valentía toda la vida, Davy Crockett. Hay muchas historias alocadas sobre ti como cazador. Tu fortaleza es célebre. Me alegra que estés aquí. Pensé que sería difícil para ti venir. ¿No estabas en el Congreso de Tennessee?

Davy Crockett: Así es. Estaba cansado de ser solo un cazador, pero estaba aún más cansado y harto de la política. Debía venir. ¡Esta es la causa que quiero defender!

William Travis: Yo siento lo mismo. Sé que las cosas aquí no están bien, pero veo signos de esperanza. Fue todo un milagro ayer, cuando nuestros hombres regresaron con maíz y carne suficiente para un mes. ¡Me sorprende que hayan encontrado tanto!

Davy Crockett: Dijeron que lo encontraron en las casas abandonadas. También encontraron algunos mosquetes. Pero no encontraron mucha pólvora para nuestro cañón. Aún tenemos menos de 200 hombres aquí. Creo que necesitaremos un milagro aún mayor que encontrar alimento para poder salir vivos de esta.

William Travis: Quizás no tengamos muchos hombres, pero los que tenemos están decididos. Pelearán hasta el final. James, ¿crees que las tropas mexicanas llegarán aquí pronto?

James Bowie: Sí, creo que así será. Y no quedan dudas, corremos grave peligro. Algunos hombres trajeron a sus esposas e hijos a El Álamo por su seguridad. Oí decir que Almaron Dickinson fue a buscar a su esposa, la señora Dickinson, y a su pequeña hija. Ambas están en El Álamo. Los primos de mi esposa están allí también. Estoy preocupado por ellos. ¡Ninguno de nosotros está a salvo!

Davy Crockett: ¡Basta! ¡Escuchen! ¿Oyen eso? Suena como si hubieran disparado un cañón justo afuera del fuerte. Puedo oír voces. James, tú hablas español. ¿Logras entender lo que dicen?

James Bowie: Creo que escucho la voz de Santa Anna. Hagamos silencio. Déjenme escuchar.

Santa Anna: Hombres de Texas, escúchenme. ¡Deben rendirse! Si se niegan, tomaremos el fuerte y me aseguraré de que cada uno de sus hombres muera. Tenemos miles de tropas que llegan a pie y no tienen posibilidades en absoluto de ganar esta batalla. Nuestras armas son temibles y ustedes ya no pueden resistir. Repito, ¡deben rendirse de inmediato!

William Travis: *(grita)* ¡No lo haremos! ¡Jamás nos rendiremos!

Davy Crockett: William, ¿qué estás haciendo con ese cañón?

William Travis: Mis palabras no alcanzan, ¡le responderé a Santa Anna con un disparo de nuestro cañón! ¡Así verá! Santa Anna, ¡escuche esto! Nunca nos rendiremos ni retrocederemos. Mire nuestra bandera. ¡Sigue ondeando orgullosa, y así seguirá!

Davy Crockett: Si morimos, ¡que al menos sea por una buena causa!

William Travis: No creo que vayamos a morir. Y espero que no tengamos que esperar mucho a que llegue la ayuda. Escribí una carta dirigida "al pueblo de Texas y a todos los estadounidenses del mundo". Les pedí los hombres y las provisiones que necesitamos tan desesperadamente. El capitán Martin prometió entregar la carta. Les dije que esperamos que lleguen entre tres mil y cuatro mil mexicanos en los próximos días. Si nos ignoran, continuaré con la lucha tanto como pueda. Después, moriré como un soldado. Nunca olvidaré mi honor ni mi deber. ¡Será la victoria o la muerte!

Davy Crockett: Yo estoy contigo, William. ¿Qué hay de ti, James?

James Bowie: Estoy decidido, pero no me siento bien.

Davy Crockett: No tienes buen semblante. ¿Qué te sucede?

James Bowie: No sé exactamente qué sucede. Pero no puedo quedarme aquí sentado otro instante. Debo recostarme, pero tienes mi promesa. Comandaré mis tropas desde mi cama siempre que pueda. Pongan mi cama en la plaza principal porque quiero que mis hombres me vean, para poder darles coraje y estar al mando.

Poema: Al pueblo de Texas y a todos los estadounidenses en el mundo

Acto 3

Sra. Dickinson: Mi esposo acaba de decirme que todo está perdido. Esas fueron sus últimas palabras. ¿Podría ser cierto?

Davy Crockett: Me temo que sí, señora Dickinson. Mire más allá de los muros. Santa Anna elevó una bandera de color rojo sangre.

Sra. Dickinson: ¿Qué significa eso?

Davy Crockett: Desafortunadamente, sus intenciones son muy claras. No permitirá que ninguno de nosotros sobreviva. Una vez que sus hombres ingresen, será el fin de todo. Ni siquiera nos permitirá rendirnos. Señora Dickinson, William y James están hablándoles a los hombres. Escuchemos lo que dicen.

William Travis: Hombres, esta será nuestra batalla final. Los mexicanos han estado bombardeando El Álamo durante los últimos 13 días. Lo han hecho sin parar. Miles de ellos están ahora tras estos muros. Me temo que no nos queda mucho tiempo. Quiero que sepan que son los hombres más valientes y patriotas que he conocido. Estoy muy orgulloso de haber luchado con ustedes.

James Bowie: Hombres, quedamos muy pocos. Y hay tantos mexicanos aquí. Pero aún así, han sido valientes y valerosos. Sé que no hemos dormido mucho en los últimos 13 días. El enemigo ha atormentado nuestros oídos todas las noches con sus bandas que tocaban esa música. Las cornetas con su constante toque de "*el degüello*" o "cortar la garganta" han sonado sin piedad. Pero todos ustedes han demostrado la fortaleza mental necesaria para llegar al final.

William Travis: Quiero elogiar a James Bowie delante de todos ustedes. No permitió que su grave enfermedad lo detuviera. Ha estado con nosotros en cada minuto. Estoy seguro de que hablo en nombre de todos cuando le digo lo agradecidos que estamos.

James Bowie: Ha sido un verdadero desafío liderarlos desde mi lecho de enfermo. Pero también ha sido un privilegio estar al mando de hombres tan valientes.

William Travis: Según lo que podemos ver, los mexicanos han continuado atacando El Álamo desde los cuatro flancos. Tienen cuatro columnas diferentes de hombres. Además, cerraron nuestras rutas de escape. Nuestro muro norte es muy débil. Creo que pronto podrán ingresar.

James Bowie:	No tenemos la cantidad suficiente de hombres para defender los muros de El Álamo y además luchar contra los mexicanos invasores cuando lo atraviesen.
William Travis:	Hombres, hagan lo que puedan.
James Bowie:	Y que Dios los bendiga por su valentía.
Sra. Dickinson:	Davy, jamás estuve tan atemorizada. ¿Por qué no recibimos más ayuda? ¿Es que no saben los estadounidenses lo desesperados que estamos?
Davy Crockett:	Quizás ahora estén llegando tropas para ayudarnos. Enviamos cartas pidiéndoles ayuda. Pero ha habido un gran problema.
Sra. Dickinson:	¿Qué clase de problema?
Davy Crockett:	Entiendo que Santa Anna tiene muchas tropas patrullando el campo. Su tarea es evitar que escapemos. También ha evitado que las tropas acudan en nuestra ayuda. ¡Espere! ¡Escuche! ¿Oye ese sonido de explosión?
James Bowie:	Oh, no, ¡aquí vienen!

William Travis: Adiós, amigo mío. Pelearemos hasta el final.

James Bowie: Adiós, William. Pensaré en la causa hasta mi último aliento.

Santa Anna: Tropas mexicanas, les habla su presidente. Escuchen con atención. Deben seguir mis órdenes al pie de la letra. No dejen a ningún hombre con vida. No tomaremos prisioneros en esta guerra. Todos nuestros enemigos morirán hoy aquí. ¡Espero que entiendan eso!

William Travis: Veo que hay un hombre apuntándome con un arma. Pero no me matará. ¡No antes de que yo mismo lance un último disparo!

Sra. Dickinson: ¡Oh, no! Mi esposo tenía razón. Todo está perdido. Las mujeres y los niños están desamparados. ¿Qué será de nosotros?

Santa Anna: ¡No habremos terminado aquí hasta que todos los hombres estén muertos! Pero no maten a las mujeres ni a los niños. Los llevaremos a un lugar seguro cuando hayamos terminado con nuestro trabajo.

Sra. Dickinson: Pero, ¿qué pasará con nosotros? ¡No tenemos dinero ni un lugar donde ir! Nuestros bebés morirán de hambre. ¡Por favor, que alguien nos ayude!

Acto 4

Henry McArdle: ¡Eso fue increíble! Verdaderamente, tengo mucho en qué pensar antes de comenzar con la pintura, pero también tengo algunas preguntas. ¿Fue larga la batalla?

Sra. Dickinson: La batalla entera duró 90 minutos. Pero fue muy sangrienta. A pesar de que había solo 189 texanos y miles de mexicanos, los texanos pelearon hasta el final.

Henry McArdle: ¿Qué les sucedió a James Bowie y Davy Crockett?

Sra. Dickinson: James Bowie estaba demasiado enfermo para levantarse de la cama. Pero los mexicanos no tuvieron piedad. Lo masacraron en su cama con sus bayonetas. La muerte más horrible fue la de Davy Crockett.

Henry McArdle: ¿Por qué? ¿Qué le sucedió?

Sra. Dickinson: Siete defensores estadounidenses sobrevivieron a la sangrienta batalla, y Davy Crockett era uno de ellos. Los llevaron frente a Santa Anna.

Santa Anna: Le dije a William que si no se rendía el primer día, todos sus hombres morirían. Él eligió eso. Yo estaba siendo fiel a mi palabra, Sra. Dickinson. Eso es lo que hacen los grandes líderes.

Henry McArdle: Dígame, ¿qué sucedió?

Sra. Dickinson: El general que llevó a Davy Crockett ante usted, presidente Santa Anna, pidió que se le perdonara la vida a él y a otros seis hombres. Pero a usted no le importó y ordenó su ejecución en ese instante. Al principio, sus comandantes no quisieron seguir sus propias órdenes. Fueron los oficiales que estaban junto a usted los que hicieron el acto de maldad. Se abalanzaron empuñando sus espadas. Mataron a estos hombres indefensos. A pesar de que masacraron a estos hombres como animales, ellos murieron sin quejarse.

Henry McArdle: ¿Es cierto esto, presidente Santa Anna?

Santa Anna: Es cierto, pero, como dije anteriormente, estoy orgulloso de nuestros actos. El Álamo era parte de México. Teníamos todo el derecho de combatir contra los estadounidenses. Parece estar olvidando que los texanos querían esclavos y que estaban intentando tomar nuestra tierra para Estados Unidos. Solo porque Estados Unidos es más grande que México, no significa que pueden quitarnos nuestra tierra. Los texanos pelearon ferozmente. Muchos de nuestros hombres murieron también.

Henry McArdle: Al final, México terminó perdiendo Texas. ¿Cree que la batalla de El Álamo ayudó a la causa estadounidense?

Sra. Dickinson: Yo sí lo creo. A pesar de que perdimos a todos los hombres que estaban defendiendo El Álamo, sus sacrificios no fueron en vano. Fue un día de orgullo en la historia de Texas.

Santa Anna: ¡De orgullo! ¡No creo que tomar la tierra de otro país debería ser causa de orgullo!

Sra. Dickinson: Podía haber evitado todo esto, presidente Santa Anna. Y lo sabe. Todo lo que tenía que hacer era permitirnos tener nuestros derechos. Esta batalla nos dejó más decididos que nunca a separarnos de México. Creo que fue esta determinación la que nos ayudó a ganar en San Jacinto, solo un mes después. La valentía de nuestros hombres no será olvidada. Las palabras "¡Recuerden El Álamo!" nos han impulsado desde entonces. Y estoy segura de que lo seguirán haciendo, siempre.

 Canción: Texas, mi Texas

Al pueblo de Texas y a todos los estadounidenses en el mundo

adaptado de una carta de William B. Travis

Compañeros ciudadanos y compatriotas,
estoy sitiado por más de mil soldados bajo Santa Anna.
He sido bombardeado en forma continua durante 24 horas,
pero no he perdido ni un solo hombre.
El enemigo ha pedido que nos rindamos;
si no, si toman el fuerte, nos hará pasar por las armas.
He respondido a sus demandas con un disparo de cañón,
y nuestra bandera orgullosa aún flamea en las paredes.
Nunca me rendiré ni escaparé.
Por eso los llamo en nombre de la libertad, del patriotismo,
y de todo lo que es estimado por el carácter estadounidense,
para que vengan en nuestra ayuda con toda prisa.
El enemigo recibe refuerzos diariamente,
y sin duda se incrementarán a tres o cuatro mil en unos pocos días.
Si no atienden este llamado, estoy dispuesto a soportar
      lo más que sea posible
y morir como un soldado que nunca olvida
cuál es su obligación para con su honor y con su país.
Victoria o muerte.

Este poema fue adaptado de una carta escrita por el teniente coronel William Barret Travis el 24 de febrero de 1836, durante el bloqueo final del general Santa Anna a El Álamo.

Texas, mi Texas

por William J. Marsh y Gladys Yoakum Wright

¡Texas, mi Texas! ¡Estado de la unión!
¡Texas, mi Texas! ¡Gloria de la nación!
Siempre superas cualquier evaluación,
tan fuerte y tan glorioso, con suprema bendición.

Estribillo:
¡Dios te bendiga! Sé cada vez mejor
y que sigas creciendo,
con tu gloria alrededor.

¡Texas, querido Texas! Libre del dictador.
¡Qué hermosa brilla tu estrella en su esplendor!
¡Madre de héroes! Tu luz voy a seguir.
Proclamo mi lealtad, mi fe, mi amor por ti.

Estribillo

Esta es una versión abreviada de la canción completa.

Glosario

batalla de El Álamo: la batalla y el bloqueo que duró 13 días en la misión de El Álamo en San Antonio, Texas, comenzó el 23 de febrero de 1836 y finalizó el 6 de marzo de 1836

bayonetas: cuchillas que se fijan al extremo de los rifles

carnicería: matanza muy sangrienta en el campo de batalla

Consulta Mexicana: una reunión de los colonos de Texas en la que debatieron su disputa con México antes de la revolución

dictador: un gobernante controlador que toma el poder completo de su país

independizarse: el acto de romper los vínculos con un país, organización o unión

Partido de la Guerra: representantes en la Consulta Mexicana que querían que Texas fuera independiente de México

Partido de la Paz: representantes en la Consulta Mexicana que querían que Texas continuara siendo parte de México, pero bajo la Constitución de México de 1824

provincias: pequeñas áreas de tierra, usualmente alejadas del territorio principal de un país, que pertenecen a ese país, pero que por lo general tienen algún nivel de autonomía

rebelde: que quiere actuar en contra de quienes están a cargo

revocado: cancelado, detenido o anulado

valeroso: que tiene valentía